Franz Keim

Der Meisterschüler

Ein Lustspiel in drei Akten

Franz Keim

Der Meisterschüler
Ein Lustspiel in drei Akten

ISBN/EAN: 9783743325074

Hergestellt in Europa, USA, Kanada, Australien, Japan

Cover: Foto ©Andreas Hilbeck / pixelio.de

Manufactured and distributed by brebook publishing software (www.brebook.com)

Franz Keim

Der Meisterschüler

Der

Meisterschüler.

Lustspiel in drei Akten

von

Franz Keim.

Den Bühnen gegenüber als Manuscript gedruckt.

Leipzig,

Druck und Verlag von Breitkopf und Härtel.

1881.

Das Recht der scenischen Aufführung sowie der Übersetzung in fremde Sprachen ist vorbehalten.

Der

akademischen Jugend

in teutscher Sinnestreue

herzlich zugeeignet.

Die Anregung zur Schöpfung dieses Lustspieles bot der hundertjährige Todestag Gotthold Ephraim Lessing's. Die Burschenschaft „Arminia" in Czernowitz, also ein weit vorgeschobener Posten deutscher Bildung und Gesittung im Osten Österreichs, hatte sich an mich mit der Bitte gewendet, für diesen Festtag ein nationales Bühnenspiel zu schaffen, das zugleich auch die Gelegenheit der gleichzeitigen Gründungsfeier dieses akademischen Vereines verherrlichen sollte. Diese ehrenvolle Aufforderung traf mich so zu sagen in der zwölften Stunde. Dennoch gelang der Wurf, und die erste Skizze war unter sechs Tagen vollendet. Frisch aus dem ersten Gusse ging das Lustspiel am 16. Februar 1881 mit durchgreifendem Erfolge über die Bretter des deutschen Theaters zu Czernowitz. Es sollte aber bei diesem allerersten Entwurfe nicht bleiben. Bei der ganzen Arbeit hatte mich ein freier, unabhängiger Humor getragen. Der Wille, kein Gelegenheitsstück, sondern eine selbständige, bühnengerechte Komödie zu erschaffen, wuchs unter der Arbeit.

Nun kam noch der Erfolg auf anderen Bühnen hinzu und ließ mich zufrieden sein, daß ich allmälig die einfache Grundform bereichert, die komischen Scenen vervielfältigt hatte. So entstand das vorliegende Lustspiel „Der Meisterschüler" als ein Miniaturbild aus der bürgerlich-künstlerischen Geistesgeschichte des achtzehnten Jahrhunderts.

Man hört so viel des Jammers über den Verfall des deutschen Theaters; man spricht uns ein modern-nationales Lustspiel in edlerem Sinne ab. Nicht ganz mit Unrecht. Aber auch nicht ganz mit Recht; man denke doch an Gutzkow!

Allerdings im französischen Salon, im idealen Märchenpalast und in der jetzt so modernen ewigen Bauernstube wird man das wahre deutsche Volk nicht finden. Im gesunden Mittelstande, im wohlbekannten Bürgershause, vor allem aber bei den geistigen Kämpfen des Jahrhunderts, da wird der Dichter seine Nation finden.

Hat ihm aber der Zufall einen Helden geschenkt, der allgeliebt und allverständlich den Ausdruck dieses Lebens bildet, dann kümmere er sich um diesen oder jenen Einwurf nicht, sondern stelle sein Werk mitten auf die lebendige Bühne.

Gmunden am Traunsee, 1881.

Der Verfasser.

Personen.

Pastor Lessing zu Kamenz.
Frau Pastor Lessing.
Gotthold, ihr ältester Sohn.
Justine, ihre Tochter.
Kantor Fuchs.
Damon } Leipziger Studenten.
Mylius
Madame Neuber, Schauspieldirektorin.
Sofie Lorenz, Schauspielerin.
Komödianten.
Studenten.

Schauplatz der Handlung: Kamenz und Leipzig.
Zeit: um 1748.

Erster Akt.

Pfarrhaus zu Kamenz. Schlichtes Wohngemach. Rechts und mitten durch die Rückwand je eine Thür. Rechts bei der ersten Koulisse Stuhl, Tisch und Schreibzeug darauf; links gegenüber, gleichfalls an der Koulisse, ein altväterischer Lehnsessel. Durch die Mitte herein tritt in geschäftiger Bewegung Frau Pastor Lessing; unmittelbar darauf kommt von rechts heraus ihre Tochter Justine mit einer großen, halbgeschlossenen Schachtel, die sie auf den Tisch setzt und während der folgenden Scene mit einer Rebschnur, komisch ärgerlich, umwickelt.

1. Auftritt.

Mutter, Justine.

Mutter.

Justinchen, ist Dein Kuchen noch nicht fertig?

Justine
(ärgerlich mit Rebschnur und Schachtel hantirend).

Du siehst, er wird umwickelt und verpackt.
(Komisch verächtlich)
Noch viel zu gut für ein Studentenfutter!
Ein künft'ger Pastor soll genügsam sein.

Mutter
(sich Justinen geschäftig anschließend).

Wer viel studirt braucht eine gute Atzung.
Er war schon hier in Kamenz immer hungrig,
Um wie viel mehr wird er's in Leipzig sein!
Schreibst Du ihm nichts?

Justine.
Du weißt, es schreibt der Vater.

Mutter.
Du nicht? Mein Kind, es hätt' ihn so erfreut!

Justine.
Er hat ja auch nicht Zeit an mich zu denken.
(Schalkhaft)
Frühmorgens geht er —

Mutter.
Ins Collegium —

Justine.
Braunschweigermuhme andachtsvoll zu trinken;
Das ist der Born, aus dem man Weisheit schöpft.

Mutter.
Was sprichst Du da? Bist Du bei Sinnen, Mädchen?
Er hat schon recht, wenn er Dich manchmal schilt.

Justine
(selbstbewußt bedeutungsvoll).

Er soll's nur noch ein einzigmal versuchen!

Mutter.
Ei, ei! und wenn er's doch verſucht, was dann?

Juſtine
(vielſagend).

Er ſei zufrieden, wenn ich Kuchen backe,
Ihm Kleider ordne, Wäſche flicke —

Mutter.
So!

Ich merke ſchon, Du kannſt ihm's nicht vergeſſen,
Daß er ſo oft Dich vor dem Spiegel traf.

Juſtine.
Der Vater wird's ja vom Herrn Kantor hören,
Warum der Gotthold uns ſo ſelten ſchreibt.

Mutter.
Vom Kantor Fuchs? O, der weiß viel zu ſchwatzen.

Juſtine
(boshaft anſpielend).

Gotthold iſt nicht ſo heilig als man glaubt!

Mutter
(ärgerlich geſchäftig).

Schwätz nicht und hilf!

Juſtine.
Mit Deinen Weihnachtskuchen
Und Oſterkuchen! Weißt Du, was er treibt?
Er theilt ſie —

Mutter.

Ja! mit fleißigen Kollegen;
Er hat ja alle Zeit ein gutes Herz!

Justine
(lacht hell auf).

Mit lüderlichem Volk, mit Komödianten
Sitzt er beim Bier und spielt den flotten Wirth.
(Komisch weinerlich)
Und solche Kerle essen unsre Kuchen!

Mutter.

Du garstig Ding! Der Gotthold ist nicht flott,
Der Kantor Fuchs bleibt auch nicht bei der Wahrheit.

Justine
(feierlich).

Mit seinem eignen Aug' hat er's gesehn.
Ist das ein Volk, die Leipziger Studenten!
O! es giebt gar nichts Ärgres in der Welt!

Mutter.

Was die nicht weiß!

Justine.

Sie leben wie die Heiden,
Sie schlagen sich mit Schlägern vor den Kopf,
Sie rauchen keck aus ellenlangen Pfeifen,
Sie kleiden sich ganz närrisch und verrückt,
Sie gehn einher in meilenlangen Stiefeln,
Und jeder kämmt sein Haar bloß mit der Hand.

Mutter
(lächelnd).
Es wird nicht gar so schrecklich sein, Justinchen,
Und unser Gotthold macht nicht alles mit.

Justine.
Du kennst ihn schlecht; allein wir wollen's glauben!
Sonst — seh' ich ihn mit keinem Aug' mehr an.

Mutter
(klatscht ärgerlich in die Hand).
Jetzt schloß ich's zu und hab' den Brief vergessen.

Justine.
Was schadet das? Der Vater schickt ihn nach.

Mutter.
Jetzt schnell zur Post! Wo bleibt denn nur der Vater?

Justine
(horcht auf).
Ich hör' ihn schon, er bringt uns einen Gast.

Mutter
(gutmüthig die Schachtel betrachtend).
Wird unser guter Gotthold Freude haben!

Justine
(seufzt ironisch).
Ja unser guter Gotthold! Lieb' ist blind.
Hätt' ich nur auch so felsenfesten Glauben!
Indessen schweig' ich.

Mutter.
Schweig, und es ist gut.

Justine.
Wenn aber meine Zeit kommt, will ich reden.
(Bei sich, drastisch)
So ein Student muß wirklich schrecklich sein!

---

2. Auftritt.

Die **Vorigen**, **Pastor** und **Fuchs**, letzterer im Reisepelz, treten durch die Mitte ein.

Pastor
(sein Pfeifchen rauchend).
Hier bring' ich, liebe Frau, den Herrn Gevatter.

Mutter.
Schon reisefertig?

Fuchs
(süßlich).
Allseits guten Tag!
Was darf ich Euerm Sohn nach Leipzig bringen?

Mutter.
Herr Kantor, wenn's Euch nicht zu sehr beschwert,
Die Tine bringt's zum Wagen — etwas Naschwerk.
Auch Euerm Neffen meldet unsern Gruß.

Fuchs
(neigt sich dankend, wendet sich gegen Justine).

Giebt's wieder feine Kuchen, liebe Jungfer?

Justine
(schnippisch).

Wenn sie nur jemand schmecken, dann ist's gut.

Fuchs
(lächelnd).

Wir wollen's hoffen.
(Zum Pastor)
Dürft' ich noch ein Wörtchen? —

Pastor.

Ich steh' zu Dienst, das Frauenvolk kann gehn.

Mutter
(zum Pastor).

Schreibst Du nicht schnell ein Wörtchen an den Gotthold?

Pastor
(ablehnend).

Schon gut, es soll geschehn.

Mutter
(zu Fuchs).

Glück auf den Weg!
(Mutter und Justine mit der Schachtel ab durch die Mitte.)

Fuchs
(mit einem Bückling gegen die abtretenden Frauen).

Ehrsame Frau und Jüngferchen, ich danke.
Will's Gott, so treff' ich Euern Sohn gesund.

3. Auftritt.
Pastor, Fuchs ohne die Vorigen.

Pastor.
Ihr habt vorhin ein Wörtlein fallen lassen —
Beliebt Euch nicht ein Stuhl?

Fuchs
(plötzlich verändert, salbungsvoll).

Ich danke sehr.

Pastor.
Von meines Sohns Stipendium, Herr Kantor —

Fuchs
(feierlich).

Ja wohl, von Eures Sohns Stipendium.
(Räuspert sich.)
In Anbetracht und kurz gesagt — mit Rücksicht,
Will sagen: wenn Ihr sprecht von diesem Punkt, —
Der Landesfürst und unsre heilige Kirche
Verbinden mit der Stiftung einen Zweck.

Pastor.
Ja wohl, ja wohl; dem wird mein Sohn entsprechen.

Fuchs.
Verzeiht, Hochwürd'ger, er entspricht ihm nicht.

Pastor
(schiebt erstaunt die Brille empor).

Dann hab' ich Euch vielleicht nicht recht verstanden.

Fuchs.

Ich sage, Euer Sohn entspricht uns n i c h t.
Die Väter der Gemeinde, seine Gönner,
Sie hören mit Erstaunen was er treibt —

Pastor
(erregt sein Pfeifchen auf den Tisch legend).

Ich bitte, lieber Kantor, nicht so heftig!
Ich bin auf solche Reden nicht gefaßt.
Was treibt er denn? Der Junge war sonst fleißig,
Ein guter Kopf und unbescholten, Herr.

Fuchs.

Mein Neffe Damon schreibt mir böse Dinge
Von Trunk, von Spiel; man traut dem Auge kaum.

Pastor
(würdig).

Ich kenne meinen Sohn als ernst und mäßig.
Seid nicht so dunkel, sprecht doch ganz heraus.

Fuchs.

Wenn's d a s nur wäre, lieber Herr Gevatter! —
Das Zeugnis meines Neffen schwieg ich todt.
Auch er ist jung, vielleicht nicht sehr verträglich,
Allein von Euerm Sohn weiß ich n o c h m e h r.

Pastor.

Beim Himmel, Herr, Ihr spannt mich auf die Folter.

Fuchs
(lauernd).

Ihr habt von ihm wohl lang schon nichts gehört?
Sehr glaublich, Herr Gevatter, sehr begreiflich. —
Eu'r Theolog ist gar kein Theolog!

Pastor
(weicht einen Schritt zurück).

Kein Theolog? Was ist er denn beim Himmel?

Fuchs
(boshaft).

O! er hat eine eigne Fakultät!

Pastor
(entrüstet).

Herr Kantor!

Fuchs
(zieht aus der Tasche ein Blatt und reicht es dem Pastor zum Lesen).

Seht und staunt, was er geschrieben;
Ihr könnt's nicht leugnen, es ist seine Hand.

Pastor
(der das Blatt aufgeregt überfliegt).

's ist seine Hand, sein Name steht darunter.
Wo habt Ihr's her?

Fuchs.

Mein Damon fand's und schickt's.

Pastor
(liest aufgeregt und spricht dazwischen zu sich selbst).
„Mademoiselle"
(bei sich)
wahrhaftig! es ist wirklich! —
(liest)
„Ich bin entzückt von Ihrer hohen Kunst."
„Was war ich doch für ein armsel'ger Träumer"
„Bei meinen Büchern!"
(Bei sich)
Singt der Vogel so?
(Liest)
„Der Teufel hol' die ewige Gelahrtheit!"
„Sofie, ich bin Ihr neuer Molière."
(Schüttelt den Kopf, starrt das Blatt an.)
Ja, das ist seine Handschrift! — Gott im Himmel!
(Er zerknüllt den Zettel, läßt ihn zu Boden fallen und eilt gegen den Tisch zu.)

Das ist ein Blendwerk, und wir sind bethört!
Mein weißes Haar! Die Ehre meines Lebens
Mit ein paar Worten ganz dahin, dahin! —
Ein Komödiant, ein Taugenichts, ein Wüstling! —
Justine! Mutter! Tinte und Papier!

Fuchs
(heuchlerisch befriedigt).

Ihr macht durch Euern Lärm den Frauen bange,
Ich bitt' Euch, lieber Pastor, seid ein Mann!

Pastor
(mit ergreifendem Schmerz).

Mein weißes Haar! Die Ehre meines Lebens!

Kantor, was soll ich thun? Gott steh' mir bei! Drum hat er uns ein Halbjahr nicht geschrieben. Justine! Mutter! kommt!

4. Auftritt.
Mutter, Justine hastig herein; die **Vorigen.**

Mutter.
Was geht hier vor?

Fuchs
(dem Pastor die Feder reichend).
Er sucht das Schreibzeug; hier, mein lieber Pastor.

Pastor
(außer sich zu den Eintretenden).
Was steht Ihr an der Thür und horcht und lauscht?

Mutter.
Die Post ist in Bereitschaft. Schreibst Du Gotthold?

Pastor.
Ihr kommt, wenn ich Euch rufe. Wollt Ihr gehn?

Justine.
Du riefst: Justine! Mutter! Tinte! Schreibzeug!

Pastor.
Hinaus! Ich will Euch Naschwerk backen, fort!
(Mutter und Justine kopfschüttelnd hinaus.)

5. Auftritt.

Pastor, Fuchs ohne die Vorigen.

Fuchs
(salbungsvoll).

Es thut mir leid — ich hätte gern geschwiegen,
Doch Freundespflicht und Lieb' zu Euerm Sohn —

Pastor
(hat die Feder ergriffen und sich an den Tisch gesetzt).

Ich danke Euch; es war ja Pflicht, zu sprechen,
Nur traf mich's wie der Blitz am hellen Tag.
Was ist zu thun? Das Stärkste wirkt am besten,
Wirkt's bei ihm nicht, so ist er nicht mein Sohn.
(Schreibt und spricht)
„Komm' allsogleich, die Mutter liegt — im Sterben."
„So spricht Dein Vater."
(Faltet das Blatt und giebt es Fuchs.)

Fuchs
(süßlich).

    Nun — wir wollen sehn.
Es thut mir leid, ich hätte gern geschwiegen.
(Steckt den Brief ein.)

Pastor
(mit Beherrschung).

Noch einmal Dank, und gebt ihm dieses Blatt.

Fuchs.

Es wird geschehn, so rasch ich kann, Herr Bruder.
Doch nichts für ungut!
(Wendet sich zum Gehen.)

Pastor.

Gott befohlen, Herr!

(Von seinem Gefühl überwältigt)

Mein weißes Haar! Die Ehre meines Lebens! Kann's möglich sein?

(Faßt sich vor die Stirn.)

Er ist kein Theolog! —

(Während Fuchs durch die Mittelthüre hinaustritt, kommt Justine vorsichtig beobachtend von rechts herein.)

---

6. Auftritt.

Pastor, Justine ohne den Vorigen.

Justine.

Muß Dich der Herr Gevatter immer ärgern? Ist was geschehn?

Pastor

(sie nicht beachtend, schlägt sich vor die Stirn).

Er ist kein Theolog! —

Justine.

Kein Theolog? Sprichst Du von unserm Gotthold?

Pastor.

Was willst Du da? Wo kam der Zettel hin?

Justine

(erstaunt).

Der Zettel? Welcher Zettel, lieber Vater?

Pastor.

Er fiel hier auf die Erde —

Justine
(erblickt den Zettel und hebt ihn auf).

Ist es der?

Pastor
(entreißt ihr den Zettel).

Gieb her! gieb her! Er brennt wie Feuer —

Justine
(naiv). Feuer?

Du lieber Gott, ich spür' gar nichts davon!

Pastor
(ausforschend).

Sag' mir, hat Dir der Gotthold nichts geschrieben,
Wie sag' ich doch — Dir nie was anvertraut
Von Plänen, von Gedanken?

Justine
(höchst naiv).

Von Gedanken?
Der Gotthold giebt sich damit gar nicht ab.

Pastor.

Ich meine, war sein Stil Dir nicht verdächtig?
Weißt Du von nichts?

Justine.

Er schreibt so wie er ist, —
Und was man denkt, kann man nicht immer sagen.

Pastor.
Es ist schon gut.

Justine
(bei sich).
Jetzt steigt ein Wetter auf.

Pastor.
Da opfert man sich selbst für seine Kinder,
Und dann kommt's so. — Er ist kein Theolog!
(Er geht kopfschüttelnd nach rechts hinaus.)

---

7. Auftritt.
Justine ohne den Vorigen.

Justine.
So außer sich sah ich noch nie den Vater.
Was dieser Zettel nur bedeuten mag?
Ich setz' mir's in den Kopf, ich muß das wissen.
Bei unser einem da wird nie gefragt:
Wie geht's Dir, Mädchen, und was machst Du, Mädchen?
Ich muß des Morgens fünf Uhr aus dem Bett,
Muß Feuer machen und die Küche scheuern
Und meine zehn Geschwister allesammt
Von Kopf zu Füßen waschen, frischauf kleiden,
Kurz, was es nur im Haus an Arbeit giebt,
Das schiebt man der Justine in die Schuhe.
Ich komm' kein einzigmal zu einem Tanz,
Ich nasche nicht, ich putz' mich nicht mit Bändern,

Doch niemand sagt: Du bist ein braves Kind.
Ich will's auch nicht, es soll's auch niemand sagen,
Doch was ich jetzt von unserm Gotthold weiß,
Und was vielleicht der Kantor hier verrathen,
Das wirft viel Licht auf das Studentenvolk. —
O, wenn ich **einen Tag** nur Rektor wäre,
Sie müßten in den Carcer **allesammt!**
(Ab nach rechts.)

Verwandlung: Studentenstübchen zu Leipzig. Ausgang rechts und durch die Mitte. Zur Linken an seinem Stehpult arbeitet Damon. Gotthold Lessing geht mit verschränkten Armen nachdenklich hin und her. Mylius in unvollständigem, herabgekommenem Anzuge, seine Halskrause ordnend, tritt aus der Seitenthüre rechts heraus. Er ist während des größten Theils der folgenden Scene ironisch mit seiner wunderlichen Toilette beschäftigt und tritt häufig vor einen kleinen Spiegel, der sich über einem ärmlichen Sofa an der Wand befindet.

---

8. Auftritt.
Gotthold, Damon, Mylius.

Mylius
(von rechts heraustretend).
Was Teufel, lieber Lessing, Du schon auf?

Gotthold.
Nicht mehr zu früh, es ist ja heller Morgen.

Mylius.
Wir haben gestern wirklich scharf gezecht.
Der Naumann hat Dir eine Teufelsgurgel!
Hast keinen schweren Kopf, mein lieber Freund?

Gotthold.
Nicht jeder trinkt, um toll und voll zu werden.

Mylius.
Ei, Moralist! verdammter Moralist!
Erst trinkt er Wein, dann hält er fromme Reden.
Bist schlecht gelaunt? Hast wieder hoch gespielt?
Thut nichts, man lernt auch von der Kreide leben.

Gotthold.
Schlimm, wenn man muß.

Mylius
(schlägt ihn auf die Schulter).

Du bist ein Kavalier.
Zwar nicht von Abkunft, noch von ird'schen Gütern,
Das könnten andre auch — Du bist's an Geist.
Wir aber sind Dein Troß, Du edler Ritter.
Die Dame aber, die Du Dir erwählt hast,
Für die Du borgst und bürgst, das ist die Kunst.
Im Anfang eine eigensinn'ge Dame
Und spröd', verteufelt spröd'. — Doch halt nur aus!
Dem echten Künstler wird sie sich entschleiern.
Hab' guten Muth! Wir sind nur einmal jung.

Gotthold
(sinnend).

Es ist wohl möglich, Mylius, daß Du Recht hast.

Mylius
(schalkhaft).

Die Wände haben Ohren, lieber Freund. —
So spricht man sehr viel von Theaterproben,
Bei denen Du als weiser Mentor wirkst.

Gotthold
(lächelnd).

Was man nicht alles spricht! Weißt Du nichts Beßres?
Arbeiten wir heut nichts nach Marivaux?

Mylius.

Heut hab ich keinen Kopf zur Übersetzung.
(Komisch beobachtend)
Die kleine Lorenz ist ein feiner Schatz,
Sie spielt als wie ein ausgesuchter Teufel —
Kein Wunder, wenn Du Proben gern besuchst.

Gotthold.

Ich bitte Dich, laß diese Redensarten.

Mylius
(übermüthig).

Warum? Sie hat den allerkleinsten Fuß
Und Augen wie ein Falk so scharf und feurig
Und hundert Amateurs an jeder Hand.

Gotthold
(stampft).

Zum Teufel, schweige!

Mylius
(schalkhaft).

Hat Dich das getroffen?
Dann hat sie wohl nur einen Amateur!

Damon
(steif und unwillig den Kopf wendend).

Ihr Herrn, ich bin beschäftigt, haltet Ruhe!
Herr Mylius, Sie sprechen viel zu laut.

Mylius.

Der weise Mann von Griechenland wünscht Ruhe.
(Zu Gotthold gewendet)
Verwechseln wir die Kunst nicht mit den Künstlern
Und lassen wir die hundert Amateurs,
Die unsern Freund so in die Hitze bringen. —

Gotthold.

Ich bitte, Mylius, schweig! Du bist mein Gast.

Damon.

Und meiner wohl nicht minder auf der Stube.

Mylius.

Der weise Mann von Griechenland hat Recht.
Doch daß ich Dir trotzdem die Meinung sage,
Verhindert mich kein Mensch. Also heraus:
Glaubst Du im Ernst, ich wolle Dich nur necken?
Du bist mein Freund, Du theilst mit mir Dein Brod,
Dein Kämmerlein und Deinen Schatz, die Bücher;
Und wenn mein Rock auch schlecht zur Mode paßt,

Mein Strumpf durchlöchert und mein Schuh verbraucht ist,
Ich bin Dir dankbar und ich geb' Dir Wahrheit,
Das einz'ge Gut, das ich Dir geben kann.

Gotthold
(reicht ihm die Hand).

Ich weiß es ja, Du wolltest mich nicht reizen.
O! mein verdammter Kopf geht immer durch.

Mylius.

Du solltest Deinem Vater Dich entdecken,
Er hofft in Dir ein künft'ges Kirchenlicht.

Gotthold.

Ja, diese Hoffnung mach' ich wohl zu schanden!

Mylius.

Sanct Augustinus taugt nicht viel für Dich,
Du gehst zu Gast bei Molière und Shakespeare —

Gotthold
(mit Feuer).

Und wenn ich auf dem rechten Wege wär'?
Sind denn die vier ehrwürd'gen Fakultäten
Der einz'ge Weg zum Himmel unsers Heils?
Weil Du von einer Probe da gesprochen,
Wie wär' es, Freund, wenn sie mir selber gilt?

Mylius
(lebhaft).

Ein Stück von Dir? O, das wär' ein Entzücken!
Heraus damit! Wie bald geht's los? Wie heißt's?

Gotthold
(halblaut, mit einem Blick nach Damon).

„Der junge Gelehrte".

Mylius
(deutet verstohlen auf Damon).

Kopie nach dem Leben?

Gotthold
(nickt und lacht).

So halb und halb aus der Natur geschöpft.

Mylius
(der seine Toilette bereits beendigt hat).

Glück zu, wenn Du das Urbild recht getroffen!
Es liegt ein heilsam Gift in diesem Stoff.
Herr Damon wird zur Arbeit Ruhe brauchen,
Leb wohl! Ich geh' und trink' auf Dein Genie.
Ehrsame Herrn, ich wünsch' Euch guten Morgen.

Damon
(gereizt).

Ich wünsche gleichfalls.

Gotthold
(legt den Finger an den Mund).

Mylius, reinen Mund!

(Mylius geht ab durch die Mittelthür.)

9. Auftritt.

Gotthold, Damon ohne den Vorigen.

Damon
(steckt die Feder aufs Ohr und tritt vom Pulte hinweg).

Und nun erst haben wir zwei was zu reden.

Gotthold
(mit Humor).

Sie reden also auch? Das ist mir neu.

Damon.

Wir sind ein Jahr nun Stubenkameraden —

Gotthold.

Ein Jahr? Es kommt mir völlig auch so vor.

Damon.

Ein alter Spruch sagt: Gleiches Recht für alle.
Allein hier herrscht ein sonderbarer Brauch.
Wie kommt's, daß täglich dieser freche Bursche
Sich hier so breit macht und mich neckt und stört?

Gotthold.

Sie sollten sich nicht necken lassen, Bester.

Damon.

Ich sollte nicht? Ei, Herr, was sollt' ich thun?

Gotthold.
Nicht gar so viel an Ihrer Preisschrift schreiben,
Ein wenig Mensch sein —

Damon
(entrüstet).
Was? Ich bin kein Mensch?
Der freche Bursch darf nicht mehr bei uns wohnen.

Gotthold.
Herr Damon, er ist arm.

Damon.
Das gilt mir gleich.
Ich bin gestört, und meine Zeit ist kostbar;
Sie denken sehr verächtlich von der Zeit.

Gotthold.
Sie denken gut von sich und schlecht von andern.
Der arme Mylius braucht uns, lieber Herr.

Damon.
Ich theil' mit solchem Volk nicht meine Kammer;
Ich bin ein Mann der Ordnung, lieber Herr.
Es spukt kein guter Geist in solchen Köpfen,
Und kurz und gut, ich will nicht, daß er bleibt.

Gotthold.
Herr Damon, Ihre fünfundzwanzig Jahre
Sind mindestens schon siebzig Jahre alt.
Sie werden ein vortrefflicher Magister:
Man sucht sein Amt — wozu braucht man ein Herz?

Damon.
Herz oder nicht — gehört das hier zur Sache?
In vierzehn Tagen zieht Herr Mylius fort!
(Brutal)
Er oder ich! Sie mögen sich entscheiden.

Gotthold.
Es thut mir leid — jedoch Herr Mylius bleibt.

Damon
(legt die Feder aufs Pult, nimmt Hut und Stock und neigt sich grüßend).
Viel Glück zur Kompagnie von Ihresgleichen!
(Durch die Mittelthür ab.)

---

10. Auftritt.
Gotthold ohne den Vorigen.

Gotthold.
Ja, Deinesgleichen bin ich nicht, Pedant!
Zwar bin ich auch kein Mylius, wie ich glaube,
Dazu fehlt mir der allzu leichte Sinn;
Doch Mylius ist ein Gott vor Deinesgleichen,
Er hat ein Herz, Du, Mumie, hast keins!
Und wenn der Mann der Ordnung uns verachtet,
(zieht ein Heft aus der Tasche und hält es empor)
Dann strafe du ihn, mein Komödienspiel,
Zeig sein Gesicht der Welt und mach' sie lachen,
Und wenn sie lacht — hat der Poet gesiegt. —
Doch wozu schwatz' ich? Ward mir nicht versprochen,
Daß man die Probe heute schon beginnt?

Soll Mutter Neuber mir nicht Kunde bringen?
Klopft mir mein Herz? Pocht's an der Thür? Herein!
Wahrhaftig! Mutter Neuber! und — beim Himmel! —
Nur Engel bringen Gutes — auch Sofie!

(Während der letzten Worte, beim Rufe „Herein" hat sich die Mittelthür geöffnet und es erscheinen Madame Neuber und Sofie Lorenz.)

11. Auftritt.
Gotthold, Neuber, Lorenz.

Neuber.

Wir bringen beide Heil und Glück dem Dichter.
Die Leseprobe war die erste Stufe
Zum räthselhaften Tempel des Erfolgs.
Was ich, die Alte, die Theatermutter,
Nach meinem besten Handwerkswissen weiß,
Will ich dem Dichter in ein Urtheil fassen:
Alles in allem — Euer Stück ist gut.

Gotthold
(neigt sich).

Von Euch ist's Ehre.

Neuber.

Manches müßt Ihr bessern;
Es spricht gar oft das Buch zu viel aus Euch,
Ihr seid noch jung mit euern zwanzig Jahren,
Nach wieder zwanzig Jahren seid Ihr reif.

Gotthold.

Das will ich hoffen.

Neuber.
(lächelnd).

Sagt mir, ist es Wahrheit,
Daß Ihr 'nen guten Freund damit vexirt?

Gotthold.
Es ist kein guter Freund, sonst würd' ich's lassen,
Doch ist es Wahrheit.

Neuber.
Wahrheit braucht die Kunst.
Ihr werdet manchen Meister übertreffen,
Wenn Ihr vom Weg der Wahrheit nimmer weicht.
Jetzt wißt Ihr, was Ihr wissen sollt, mein Bester,
Wir haben Euch's verkündet, jetzt lebt wohl!

Gotthold
(sich neigend).

Ich lasse allen Künstlern herzlich danken.
(Madame Neuber geht durch die Mitte ab, Mademoiselle Lorenz bleibt durch Gotthold's Blick festgehalten lächelnd stehen.)

---

12. Auftritt.
Gotthold, Lorenz ohne die Vorige.

Gotthold.
Will die Erscheinung wie ein Traumbild schwinden?
Das soll sie nicht, mein Fräulein, nur ein Wort!

Lorenz.
Von Herzen gern, der Dichter darf gebieten.
Noch sitzt mir meine Rolle gar nicht fest.

Gotthold.

Ei, werfen wir den Dichter jetzt bei Seite!
Sie sind ein Schelm, und ich bin kein Pedant.
Ganz andre Dinge hätt' ich heut zu fragen
Und darum, Fräulein, bitt' ich um Gehör.

Lorenz
(läßt sich auf das Sofa nieder).

Kein Tadel also? Nun, das macht mir Freude,
Es macht mich sicher, wenn man mir vertraut.

Gotthold.

Wer sollte nicht so schönem Aug' vertrauen?

Lorenz.

Vergessen Sie nur nicht: ich bin ein Schelm.

Gotthold.

Wahrhaftig! und ich will den Schelm entlarven.
Die Freundin ist nicht offen gegen mich.

Lorenz.

Nicht offen?

Gotthold.

        Keine Maske, sanfte Unschuld!
Sie wollen uns verlassen, hab' ich Recht?

Lorenz
(schalkhaft).

Wer hat denn dieses Märchen doch ersonnen?
Und wenn ich ginge, ei, wer hält mich auf?

Gotthold.
Was treibt Sie fort?

Lorenz.
O, wenn Sie manches wüßten!
Die arme Kunst lebt hier von Tag zu Tag.
Man gähnt im Schauspiel, friert in der Tragödie,
Und einzig hilft der Harlekin noch aus.
Man fordert fast Unmögliches vom Künstler,
Man will gereizt sein, überreizt sogar,
Man schmäht auf die Franzosen — und beklatscht sie,
Und nur der Unsinn macht ein volles Haus!

Gotthold.
So war es stets, so ist's, so wird es bleiben,
Das ist nicht bloß in Leipzig hier der Fall.
Sie wollen also wirklich uns verlassen?
Wo gehn Sie hin?

Lorenz.
Ich weiß es nicht — nach Wien.

Gotthold.
In das gelobte Land der Komödianten?

Lorenz.
Es kam von dort noch keiner gern zurück.
Doch was hält Sie? Sie könnten uns begleiten.

Gotthold
(auflachend).
Warum nicht gar als maitre de plaisir!

Lorenz
(schmollt).

Ist da zu lachen?

Gotthold.

Schönste Fingerspitzen,
Ich mach' es gut durch einen Friedenskuß.
(Küßt ihr die Hand.)

Lorenz.
(gnädig).

Hier lassen Sie sich nieder mir zur Seite.

Gotthold
(läßt sich neben ihr auf das Sofa nieder).

Sie wollen also wirklich von uns gehn?
Und nichts vermag Sie bei uns fest zu halten?
Wenn ich Sie bitte, bleiben Sie, Sofie?

Lorenz.

Wenn Sie bei uns Komödienmeister werden,
Wie heißt man doch das Ding? — ja, Dramaturg!
Doch nein! Sie sind zu jung für solche Würden,
Theaterkönig sein bringt viel Gefahr.

Gotthold
(boshaft lachend).

Und Ärger, wie die bösen Zungen sagen.

Lorenz
(schmollend).

Jetzt straf' ich Sie und geh' nun doch nach Wien.

Gotthold.

Man schmollt? Man ist empfindlich? Soll ich bitten?
Der tief zerknirschte Ritter sinkt auf's Knie.

(Läßt sich auf ein Knie nieder und faßt galant ihre Hand, die er küßt. In diesem Augenblicke werden draußen Stimmen hörbar, Kantor Fuchs im Reisepelz erscheint, gefolgt von Mylius, durch die Mitte und bleibt verblüfft mit komischer Geberde stehen. Gotthold erhebt sich überrascht.)

---

13. Auftritt.
Gotthold, Lorenz, Fuchs, Mylius.

Mylius.

Verzeihung, wenn wir stören, welch' ein Zufall!
Ich suche meinen Freund und find' ihn hier.

Gotthold
(unwillig).

Ei, Mylius, das heißt seltsam eingedrungen!

Mylius
(vorstellend).

Herr Kantor Fuchs aus Kamenz —

Gotthold
(steif).

Schön, Herr Fuchs.
Was bringt mich zu der Ehre?

Fuchs.

Wenn das Fräulein
Erlaubt (zieht einen Brief hervor), hier ist ein Brief von Euerm
Vater.

Gotthold
(nimmt den Brief).

Mein Vater ist doch wohl?

Fuchs.
Frisch wie ein Fisch.
(Blickt schmunzelnd herum.)

Ein feines Haus!

Mylius.
Und voll von hübschen Mädchen.

Doch, Kantor, das ist keine Luft für Sie!

Gotthold
(hat den Brief durchflogen).

O, hilf mir, heil'ger Himmel!

Mylius.
Schlimme Nachricht?

Gotthold.
Die arme Mutter krank bis auf den Tod —
Fort! Mylius, komm! Ich muß sogleich nach Hause.
(Wendet sich zur Lorenz, die in lebhafter Geberde mitempfunden hat, und reicht ihr die Hand.)

Lorenz
(mit beiden Händen seine Rechte fassend).

Mein armer Freund, ja wohl, Sie müssen fort.
Auf Wiedersehn! und Gott sei Ihr Geleite!

Gotthold.
Auf Wiedersehn! auf Wiedersehn, Sofie! —
Freund Mylius, wenn ich fern bin, gieb mir Nachricht.

Mylius.

Gewiß, gewiß. Und nun, Herr Kantor Fuchs,
Sie sind mein Gast. Adieu, mein schönes Fräulein!

Fuchs
(ganz verwirrt die Lorenz anstarrend).

Das also nennt er seine Facultät!
Man sollte gar nicht glauben — ei, der tausend!
Herr Mylius! — Adieu, Mamsell, adieu! —
(Während die Lorenz den rasch durch die Mitte Hinaustretenden bewegt nachgrüßt, dreht sich Fuchs unbeholfen im Kreise und stolpert ihnen endlich nach hinaus.)

Zweiter Akt.

Pfarrhaus zu Kamenz. Wohnzimmer wie im ersten Akt. Der Tisch nach links neben den Lehnstuhl gerückt; auf dem Tisch Brille und Bibel.

1. Auftritt.

(**Justine** tritt vorsichtig um sich blickend aus der Seitenthür rechts herein, zieht einen Zettel aus der Tasche und sucht daraus zu lesen.)

Justine.

So hab' ich dich nun endlich aus der Tasche
Des alten Schlafrocks glücklich aufgefischt,
Geheimnisvoller Zettel, der den Vater
So zornroth machte. (Guckt hinein.) Ei, ein zarter Brief!
An eine Dame! — Wunderschön, Herr Bruder!
Mir predigt er von nichts als Pflicht und Zucht
Und wie ich an die Männer n i e soll denken,
Und er treibt solchen Schabernack! — Du Schalk!
Wir glaubten dich begraben unter Büchern
Und darauf nur bedacht, des Vaters Amt
Auf deine jungen Schultern bald zu nehmen,

Doch du — schon gut! Ich hab' dich warnen wollen,
Jetzt lass' ich deinem Schicksal freien Lauf.
(Mutter tritt ein durch die Mitte.)

2. Auftritt.

Justine, Mutter.

Mutter.

Justinchen! ei, wo bist Du denn nur, Mädchen?

Justine
(indem sie den Zettel rasch in die Schürzentasche steckt).

Ich habe alle Hände voll zu thun.

Mutter.

Mach heißen Thee, die Post wird sogleich kommen.

Justine
(schnippisch).

O, er verbrennt sich früh genug den Mund!

Mutter
(gutmüthig).

Der Frost ist bitter, er wird ganz erstarrt sein.

Justine.

Ja, er wird starr sein, wenn er sieht und hört.

Mutter.

Was ist denn das, Du bist ja ganz abscheulich!

Justine
(trotzig).

Ja, ich bin immer schlimm, und er ist gut.

Mutter
(gutmüthig lächelnd).

Auch Du bist gut, nur mußt Du ihm's vergessen,
Was er im Scherz Dir einmal angethan.

Justine.

Mir angethan?

Mutter.

Nun ja, als Du die Lieder,
Die schönen Lieder heimlich ihm verbrannt —

Justine
(ins Wort fallend).

Und ganz mit Recht! Er soll die Bibel lesen
Und gar nicht wissen, daß es Mädchen giebt.

Mutter.

Da kommst Du ja schon wieder ganz in Eifer,
Für diesen Eifer hat er Dich bestraft.

Justine
(entrüstet).

Er mich bestraft?

Mutter.

Nun freilich, durch den Schneeball,
Den er Dir zu der Kühlung Deiner Gluth

Und zu der Löschung Deines heil'gen Eifers
Ins schöne, neue Mieder gleiten ließ.

Justine.
Vertheidigst Du den ungezognen Jungen?
Ja Du, Du bist auf beiden Augen blind.
Jetzt geh' hinein, Papa hat streng verboten,
Daß Dich der Gotthold sieht. Du giltst als krank,
Gefährlich krank. Vielleicht fühlt er dann Reue,
Und es ist Hoffnung, daß er besser wird.

Mutter.
Du naseweises Ding, das hat der Vater
Nur so zu uns gesagt im ersten Zorn.
Glaubst Du, ich könnte also mich versünd'gen?
Der arme Bursch! Die Fahrt ist bitter kalt.
Mach Thee!

Justine.
Ich könnte a u c h ein Wörtlein sagen,
Doch thu' ich's nicht und denk' mir nur mein Theil.
(Justine geht ab durch die Mittelthür.)

---

3. Auftritt.
Mutter ohne die Vorige.

Mutter
(nach einer Pause des Nachdenkens).

Da sorgt man sich und plagt sich für die Kinder,
Man zieht sie unter Müh' und Sorge groß,

Damit sie sich zerzanken. Mein Justinchen
Ist in der Wirthschaft tüchtig, brav und gut.
Und dennoch unter all' den elf Geschwistern
Gleicht keins dem Gotthold, auch versteht ihn keins.
Sie machen ihn zum allerschlimmsten Ausbund —
Wenn niemand für ihn spricht, so thu' es ich.
(Posthornklänge ertönen.)
Ja, ja. — Horch, was ist das? Mein Gott, das Posthorn!
Die Kammer dreht sich um — wo ist mein Stuhl?
Es zittern mir die Knie', hier will ich sitzen,
(läßt sich in den Lehnstuhl nieder)
Da ist die Bibel und die Brille auch.
(Setzt die Brille auf.)
Was les' ich nur? Es schwimmt mir vor den Augen,
Ach, die Parabel vom verlornen Sohn!
(Die Hausklingel ertönt draußen.)
Er ist's! Gott, steh' mir bei! Er zieht die Glocke —
Er ist wohl **selber krank aus Angst um mich!**
(Sie legt hastig und aufgeregt Bibel und Brille wieder auf den Tisch und sinkt zurück in leidender Stellung.)

---

4. Auftritt.

(Gotthold, der die Thür öffnen will, wird von Justine, die unter dieselbe tritt, draußen zurückgehalten. Die Thür springt auf.)

Mutter, Justine, Gotthold.

Justine
(abwehrend).

Hier nicht! hier nicht! Du sollst zur andern Stube,
Zum Vater sollst Du, geh' hier nicht herein.

Gotthold
(in den Reisemantel gehüllt, tritt mit Gewalt ein).

Was ist das für ein Gruß? Ich will zur Mutter.

Justine
(streng).

Schau' hin, sie ist um Deinetwillen krank.

Gotthold
(wirft den Mantel auf einen Stuhl).

Um meinetwillen?

Justine.

Alles weiß sie, alles!
Der Kantor sagt, Du sei'st kein Theolog.
Was bist Du denn? Wir möchten das doch wissen.

Gotthold
(tritt erschüttert näher).

Allmächt'ger Himmel! Mutter, bist Du krank?

Mutter
(streckt die Hand aus und läßt sie wieder sinken).

Es geht vorüber — Gotthold, Du bist besser,
Bei Gott! Du bist nicht so, wie man mir sagt.

Gotthold in tiefster Bewegung einen Schritt zur Mutter tretend, sinkt ins Knie; in diesem Augenblick erscheint der Pastor unter der Seitenthür rechts und bleibt im Hintergrund, von Gotthold unbemerkt, beobachtend stehen.

5. Auftritt.
Mutter, Justine, Gotthold, Pastor.

Gotthold.

Mutter, ich bin nicht werth Dein Sohn zu heißen!
Und doch bin ich so schlecht nicht, wie Ihr denkt.
Nie hab' ich meines Herzens Pflicht vergessen,
Nie das gethan, was die Verläumbung wünscht.
Mein Herz bring' ich zurück aus tausend Kämpfen
Und in der Seele blieb ich Euer Kind.
Nur meinen Geist, den mir ein Gott gegeben,
Nur meinen Geist begrub ich nicht als Pfund,
Das man versenkt ins dunkle Bett der Erde,
In Finsternis und Nacht; das that ich nicht, —
Nein, Mutter, nein! ich hab' ihn wach erhalten,
Er ist bereit zum Kampf mit aller Welt.
(Steht auf.)

Mutter.
Was aber nennst Du Kampf, mein Sohn?

Gotthold.
Das Leben!

Nicht jedem ist's ein göttlich frommes Buch,
Nicht jeder lebt in ungestörtem Glauben,
Nicht jeder schwört auf das, was er nur hört.

Justine
(leise entrüstet).

Er ist ein Freigeist! Ach, die arme Mutter!

Gotthold.

Als ich noch auf der Fürstenschule saß
Und meine Bücher Offenbarung nannte,
Da träumt' ich wohl, das priesterliche Kleid
Mag den, der's trägt, zu einem König machen, —
Jetzt glaub' ich auch an Könige nicht mehr.
Nur das ist Freude, was das Herz befriedigt;
Ein edler Geist in eines Bettlers Kleid
Ist mehr werth als ehrwürdige Perrücken,
Und zu der Wahrheit führt uns jeder Weg.

Mutter.

Doch Du bist den gefährlichsten gegangen.

Gotthold.

Gefährlich nur für den, der ihn nicht kennt.
Du sollst mich meinem Vater nicht vergleichen,
Auf meines Vaters Weg liegt nicht mein Heil.

Mutter.

Was willst Du thun?

Gotthold.

                Ich will das Leben lernen.
Das aber lern' ich nicht für Amt und Brod.
Ich will kein Arzt, kein Priester sein, kein Lehrer,
Und doch verehr' ich alles in der Welt.

Mutter.

's klingt räthselhaft!

Justine.
So schwatzen Komödianten.

Gotthold.
O liebe Mutter, bin ich räthselhaft?
Frag' doch Dein Herz, so wirst Du mich begreifen.
Es giebt ein Allerhöchstes in der Welt,
In Herz und Geist ist es mir aufgegangen,
Und dieses Allerhöchste ist die Kunst.
Sie spricht zu uns mit aller Völker Zungen,
Bald laut und froh, bald leise und betrübt.
Auch unser Volk lauscht gern auf diese Sprache,
Weint mit dem Schmerz und freut sich mit der Lust.
Doch unsre Dichter schütteln die Perrücken,
Sind blind für Schönheit, taub für keuschen Witz;
All' ihre Kunst ist Zerrbild ihres Lebens,
Ist eitler Klang und wesenloser Dunst.
O, könnt' ich doch die rechte Kunst erschaffen,
Ich wollte gern ein Meisterschüler sein,
Zu großer Künstler Füßen schweigsam sitzend,
Bis mir zu guter Zeit ein Werk gelingt.
Dann, Mutter, würdest Du mich nicht verkennen,
Nicht sagen, ich bin Dein verlorner Sohn!
    (Sinkt auf's Knie und begräbt sein Gesicht in ihrem Schooß.)

Pastor
    (der schon einigemal lebhaft zugenickt hat, tritt vor).
Nicht so ganz übel; recht und wohlverstanden
Wär' das auch eine Predigt.

Gotthold
(überrascht sich aufrichtend).

O, verzeiht!

Pastor
(ablehnend).

Laß gut sein, Gotthold, Deine beste Rede
Entschuldigt nicht, wie schwer Du uns getäuscht.
Ich hoffte einst mein Amt auf Deine Schultern
Zu legen. — Sprich kein Wort, es ist vorbei.
Ich ehre jede Wissenschaft, ich werde
Dich niemals tadeln, wählst Du Dir ein Amt;
Doch was Du wählst, das muß Dein Vater wissen;
D'rum rief ich Dich. — Die Mutter ist nicht krank.

Gotthold.

Nicht krank? Da lob' ich Gott und möchte jauchzen!
(Umarmt die Mutter.)

Mutter
(sich erhebend).

Mein Gotthold! Du bist doch mein gutes Kind.
(Zu Justine)
Geschwind den Thee! Der Gotthold muß erstarrt sein;
Kommt in des Vaters Stübchen gleich hinein!

Justine
(mit schalkhaftem Ärger).

Ja, schlachten wir ein Kalb doch gleich vor Freude!
Was muß ich thun, daß man mich so empfängt.

Mutter
(mit komischer Beweglichkeit).

Justinchen sei geschwind! — Ich stopf' Euch Pfeifen
Mit Siebenbürgerknaster.

(Mutter und Justine zu verschiedenen Thüren hinaus.)

---

6. Auftritt.
Gotthold, Pastor, ohne die Vorigen.

Pastor
(blickt den Frauen nach).

Geht nur, geht! —
(Räuspert sich und spricht in gesetztem Tone)
So viel ich höre, dichtest Du Komödien.

Gotthold
(etwas unsicher).

Ich will es gar nicht leugnen —

Pastor.

Dein Beruf,
Das Ansehn Deines Vaters, Deine Studien,
Die Stiftung, die die Kirche Dir verliehn,
Und die Dir nun entzogen wird in Zukunft,
Verbieten das.

Gotthold.
Mein Vater, hört mich an.

Ich bin gewohnt, Euch logisch zu begreifen;
Wo liegt denn nur die Schande meiner Kunst?

Pastor
(mit Überlegenheit).

Ich dächte mir, das könntest Du wohl wissen:
Die Bühne ist der Ort der eitlen Lust.

Gotthold.

Die Bühne kann auch **ernst** sein, lieber Vater.

Pastor.

Das kann sie **nicht**.

Gotthold.

Und woher wißt Ihr das?
Habt Ihr so schlechtes Schauspiel nur genossen,
Daß Ihr so sprecht?

Pastor
(legt mit Würde die Hand auf die Brust und tritt einen Schritt zurück).

Im Schauspiel saß ich nie.

Gotthold.

O, dann erlaubt mir, daß ich weiter frage:
Darf man **verdammen, was man gar nicht kennt**?

Pastor
(räuspert sich).

Der allgemeine Ruf ist mir schon Bürge.

Gotthold.

Der einz'ge Bürge ist der eigne Sinn.

Erlaubt mir, Vater: hier in der Gemeinde
Sind viele Menschen Eurer Hut vertraut.
Wenn eines Tags nun Einer zu Euch sagte:
Mein Nachbar ist ein sittenloser Mann —
Ja mehr noch, wenn es viele zu Euch sagten,
Was thätet Ihr? Verdammtet Ihr den Mann?

Pastor.
Ich bin ein Priester und ich ließ' ihn rufen.

Gotthold.
Auf Worte hin verdammtet Ihr ihn nicht?

Pastor
(verlegen zugebend).

Ei freilich nicht.

Gotthold.
    Und wenn der Mann nun käme,
Und Ihr nun seht, daß in dem sünd'gen Menschen
Auch Gutes wohnt, bleibt's dann beim Interdict?

Pastor.
Ich glaube, nein. Doch Du schweifst von der Sache.

Gotthold.
In diesem Fall verdammt Ihr also nicht? —
Der Mann, der so verläumdet ward, mein Vater,
Der gleicht dem Schauspiel, das Ihr gar nicht kennt.
Sprecht mit dem Mann, beachtet seine Worte,
Schaut ihm ins Herz und merkt auf seine Art;

Mein Kopf dafür! wenn Ihr auch manches tadelt
Ihr werdet viel des Guten an ihm sehn.
Kein Ding ist werthlos, manche grüne Thorheit
Ist besser als ein trocknes, weises Wort.

Pastor
(kopfschüttelnd).

Jetzt spricht aus Dir die Jugend und der Dichter.

Gotthold.

Ich denke, Vater, wie ich denken muß. —
Und wenn's nun doch ein **gutes** Schauspiel gäbe,
Ein **gutes** Schauspiel, Deiner **Kanzel gleich** —

Pastor
(mit einer Armbewegung).

Ich muß mir diese Ähnlichkeit verbieten!

Gotthold.

Versammelst Du nicht auch um Dich das Volk?
Willst Du es nicht **erheben** und **erschüttern**?
Und brauchst Du nicht mit **Kunst** Dein heilges Wort?
In Deine Kirche kommen nur die Christen,
Auch die **nicht alle**, Dein Werk ist getheilt,
Die Kunst ist **allgemeinsam**, alle Menschen
Erfreut sie, allen öffnet sie das Herz!

Pastor
(überwältigt).

Mein Sohn, mein Sohn! es giebt kein solches Schauspiel.
Für heut genug!

(Justine erscheint unter der Thür rechts.)

7. Auftritt.

Pastor, Gotthold, Justine.

Justine
(ungeduldig).

Der Thee steht auf dem Tisch.

Gotthold.

Und wenn nun ich ein solches schaffen wollte?

Pastor
(unwillkürlich befriedigt).

Du wolltest das?

Gotthold.

Und wenn ich's schon versucht?
(Tritt dem Pastor näher.)
Ich esse nichts und trinke nichts, mein Vater,
Bis Du mir hier nicht Eines hast gelobt. —

Pastor
(wohlwollend).

Das wäre, Gotthold?

Gotthold.

Dich zu überzeugen,
Daß ich nicht bloß als Grieche und Lateiner
Gewachsen bin und stark in Wissenschaften —
Gott ist mein Zeuge, ich hab' gern gelernt —
Ich möchte, daß Du selber dieses Schauspiel
(zieht ein Heft aus der Brust)
Hier lesen sollst, das Werk von Deinem Sohn.

Pastor
(in Verlegenheit).

Ich habe gar kein Urtheil für Komödien.

Gotthold
(drängt ihm das Heft auf).

So nimm's als Predigt, aber lies es durch!

Justine
(stampft).

Ich bitt' Euch, kommt! Soll denn der Thee erkalten?

Gotthold.

Und wenn Dir die Komödie nicht mißfällt,
Wenn mir's gelang, die Thorheit zu bestrafen,
Und wenn ich nichts verletzte, was Du ehrst,
Dann —

Pastor
(schwach abwehrend).

Jetzt noch kein Versprechen, eh' ich's kenne!

Gotthold.

Dann kommst Du selbst nach Leipzig —

Pastor
(gutmüthig den Kopf schüttelnd und lächelnd).

Ho, Geduld!

Gotthold
(fest und bestimmt).

Du wirst mir diese Sühne nicht verweigern,
Was alle Welt sieht, seh' mein Vater auch!

(Frau Pastor tritt durch die Mittelthür ein.)

8. Auftritt.

Pastor, Gotthold, Justine, Mutter.

Mutter.

Um Gotteswillen! wollt Ihr nichts als zanken?
Der Thee wird kalt, die Pfeifen sind gestopft.

Gotthold
<small>(reicht die Hand zum Einschlagen hin).</small>

Also: Du liest, und hat es Dir gefallen,
So kommst Du selbst und siehst, wie man es spielt.
<small>(Da der Pastor unwillkürlich einschlägt, umfaßt Gotthold zärtlich beschwichtigend seinen Vater.)</small>

Pastor.

Hab' nur Geduld, noch hab' ich's nicht gelesen.

Gotthold
<small>(den Pastor unter Liebkosungen nach rechts hinausführend).</small>

Du wirst es lesen, Vaterherz, und kommst!
<small>(Gotthold, Pastor und Mutter nach rechts hinaus.)</small>

---

9. Auftritt.

Justine ohne die Vorigen, bald darauf **Gotthold**.

Justine.

Ist das ein Mensch! Jetzt schwatzt er gar den Vater
Aus wildem Zorn in sanfte Freundlichkeit.
Ja, solche Zungen wachsen den Studenten
Von so viel Bier und scharfem Rauchtabak.
<small>(Gotthold, nach Justine suchend, tritt von rechts heraus.)</small>

Gotthold
(aus einer Pfeife rauchend).

Nun, will das liebe Schwesterlein nicht kommen?

Justine
(bei sich, indem sie den Zettel aus der Tasche zieht).

Jetzt bring' ich ihm die rechte Pille bei.
(Liest scheinbar harmlos)
Ich lese da ein Kirchenlied. ——

Gotthold
(ahnungslos sich zu ihr neigend).

Im Ernste?
Ein Kirchenlied? (Boshaft) Bist Du noch immer fromm?
Darf man die Andacht theilen? — Alle Wetter!
(greift nach dem Zettel)
Das giebst Du mir!

Justine
(hält den Zettel hoch empor).

Der Schneeball wird gerächt!
Das zeigen wir dem Vater und der Mutter.

Gotthold
(außer sich).

Nicht um die Welt! Wie kam's in Deine Hand?

Justine.

Herr Damon — — —
(Gotthold entreißt ihr den Zettel, während gleichzeitig die Mutter rechts unter der Thür erscheint.)

4*

10. Auftritt.

Gotthold, Justine, Mutter.

Mutter.

Seid Ihr ausgewechselt, Kinder?

Justine
(weinerlich).

Er ist ein Dieb!

Gotthold
(sie beschwichtigend und galant nach rechts hinausführend).

Bei allen Himmeln, schweige!

Justine.

Ich schweige nicht!

Gotthold
(legt ihr die Hand auf den Mund; mit verzweifeltem Übermuth).

Du bist ein lieber Schatz! —

(Die Mutter folgt kopfschüttelnd den Abtretenden nach rechts hinaus.)

Verwandlung. Studentenstübchen zu Leipzig wie im ersten Akt. Mylius steckt den Kopf rechts zur Thür herein, horcht, tritt heraus, blickt vorsichtig durch die Mittelthür nach dem Flur hinaus, schließt sie wieder und tritt an Damon's Pult, aus dem er vorsichtig ein Schreibheft zieht.

---

11. Auftritt.

Mylius
(in lustiges Lachen ausbrechend).

So hätt' ich denn für meinen Lessing Rache. —

Ihr Götter, tausend Dank für diesen Fund!
(Liest pathetisch)
„Leonidas, ein Trauerspiel in Versen",
„Von Damon." Ha ha ha! ist das nicht toll?
„Personen: König Xerxes" — und so weiter —
Ein ganzes Dutzend — ist das nicht ein Spaß?
So meuchelst du Gedichte, trockner Schleicher?
Allein ich seh' nur Namen und kein Stück.
Wo ist der Anfang? Alles erst im Werden?
Gar nichts vollendet? Halt! hier geht's ja los.
Was steht hier? „Monolog des Ephialtes" —
Das spar' ich mir für eine beßre Zeit.
Jetzt spiel' ich Reinhart Fuchs und schließe Frieden,
Versöhne mich mit ihm und blas' ihn auf,
Ja, blas' ihn so in Eitelkeit und Dünkel,
Bis er vor Selbstlob platzt. Rasch, eh' er kommt!
(Legt das Heft wieder in's Pult.)
Verbirg dich, holder Unsinn, hier im Schatten,
Er darf nicht wissen, daß ich dich entdeckt. —
Wo bleibt er nur? Ich brenn' auf meine Rache.
O, ha ha ha! entpuppt der Mann sich so?
(Damon tritt ein durch die Mitte, nickt steif und legt Hut und Stock auf das Pult.)

---

12. Auftritt.
Mylius, Damon.

Damon.

Sie sind zu Hause?

Mylius.
Ja, ich bin zu Hause.
(Zieht eine Zeitung aus der Tasche.)
Ich lese da in dem gelehrten Blatt
Die Preisertheilung.

Damon.
Was? Die Preisertheilung?

Mylius.
Zur Studie „de intolerantia" —

Damon
(aufhorchend).
Schon preisgekrönt?

Mylius.
Ja wohl, ja wohl.

Damon
(hastig erregt).
Herr Mylius,
Ist das Ihr Ernst? Wo steht's? Bin ich gekrönt?

Mylius.
Bewahre Gott! Da lesen Sie, mein Bester:
Den Preis erhielt Herr Doctor Schnabelmann.

Damon.
Unmöglich! Ganz unmöglich! Meine Arbeit
War aus dem tiefsten Quellenwerk geschöpft.

Mylius.

Es giebt auch trübe Quellen, Herr Magister. —
Allein, was liegt daran? Sie sind ein Kopf,
Der mehr vermag, als wir gemeine Geister;
Ich gratulire, wenn ich recht gehört. —
Sie sind der Mann, den Lessing auszustechen.

Damon
(aufgeblasen).

Hm! wenn ich wollte — doch wie kommt Ihr darauf?

Mylius.

Professor Gottsched spricht sehr viel von Ihnen.

Damon.

Ich höre bei ihm „ars poetica" —

Mylius.

Die Dichtkunstlehre. Gottsched ist ein Meister,
Und Sie, Sie sind ein Schüler comme il faut.

Damon
(lächelnd).

Sehr schmeichelhaft!

Mylius.

       Frau Louise Adelgunde,
Geborne Calmus, lobt Euch ungemein.

Damon
(selbstbewußt auf und ab stapfend).

Ich habe einen Freitisch dort; die Dame
Hat einen feinen Blick für tiefern Werth.

Mylius.

Die Dame schwört, es steck' in Euch ein Dichter.

Damon.

Hm! wenn man immer wollte, was man kann!

Mylius.

Man spricht von Euch in allen Kreisen Leipzigs —
„Leonidas, ein griechisch Trauerspiel" —

Damon
(verblüfft).

Wo habt Ihr's her? Wer hat Euch das verrathen?
Ich las es nur Professor Gottsched vor.

Mylius.

O, man genießt's beim Thee schon aller Orten,
Es soll ein Werk sein, das den Meister lobt.

Damon
(selbstzufrieden).

Noch nicht vollendet, aber gut gelungen.

Mylius.

Mordelement! mir kommt was in den Sinn.
Ist das die Zeit, den Genius zu verleugnen?
O, was ist dieser Lessing neben Euch!
Leonidas! der bloße Klang des Wortes
Macht Männer zittern, Weiber hold erglühn.
Leonidas! man fühlt spartanische Nerven,
O Damon! Ihr seid ein gemachter Mann.

Ihr gebt das Manuscript mir mit der Karte
Von Adelgunde, solches Fürwort wirkt,
Die Frauen sind allmächtig, und wir bringen
Das Wunder auf die Bretter! Ist's Euch recht?

Damon.
Noch ist's nicht fertig.

Mylius.
Brütet's aus, mein Lieber!
Was liegt daran? Gebt mir nur einen Theil;
Mein Kopf dafür, wir bringen's auf die Bretter.
Die schöne Lorenz muß gewonnen sein.
O Wonnetraum! an allen Straßenecken
Steht schwarz auf weiß in lapidarer Schrift:
„Leonidas, ein Trauerspiel von Damon."

Damon
(schüttelt Mylius die Hand).

Jetzt seid Ihr ganz mein Mann. Sapienti sat!

Mylius.
Gebt mir das Ding, thut auf den Jammerkasten,
Thut auf das Pult, gebt mir das Manuskript.
Jetzt wollen diesen Lessing wir verdunkeln.

Damon
(triumphirend).

In Staub mit ihm!

Mylius.
Er ist ein reines Nichts!

Damon
(selbstzufrieden das Heft aus dem Pult ziehend und Mylius überreichend).

Ein reines Nichts!

Mylius.

Jetzt keine Zeit verloren.
Besorgt mir die Empfehlungskarte schnell,
Ich bring' indeß das Weibervolk zum Schwärmen.

Damon
(Mylius um den Hals fallend).

O Mylius! wie hab' ich Euch verkannt!

Mylius
(ironisch).

Ihr werdet mich noch besser kennen lernen.
Jetzt geht, jetzt geht.

Damon.

Lebt wohl, mein Herz, lebt wohl!
(Mit Hut und Stock durch die Mittelthür hinaus.)

Mylius
(bricht in schallendes Gelächter aus).

Nun hat die schöne Lorenz Stoff zum Lachen —
Noch niemals gieng ein größrer Narr ins Netz!
(Lachend ab nach rechts.)

Dritter Akt.

Leipzig. Theatergarderobe. Gotthold Lessing steht mit gekreuzten Armen nachdenklich im Vordergrund. Beifallklatschen und stürmischer Zuruf hinter der Scene. Sofie Lorenz tritt von links her auf, sucht mit den Augen und erblickt Gotthold, dem sie sich ungehört nähert.

---

1. Auftritt.

Gotthold, gleich darauf Lorenz.

Lorenz.

Wo ist der Dichter? Läßt er sich nicht finden?
Das ganze Haus ruft „Lessing" —
(seine Schulter berührend)
Freund! wacht auf!

Gotthold
(aus seinen Gedanken auffahrend).

Was giebt's? Sofie!

Lorenz.
Sie müssen jetzt sich zeigen.

Gotthold.

Mich zeigen?

Lorenz.
Vor dem Volk.

Gotthold.
Das kann ich nicht.

Lorenz.
Ein Tag, so reich an Herrlichkeit und Ehre,
Der fordert auch sein Opfer. Kommen Sie.

Gotthold.
O liebe Freundin, ich bin Coriolanus,
Der ungern vor den Römern sich gezeigt,
Der ungern sagte: Dank, Ihr guten Bürger,
Dank für den Beifall, den Ihr jetzt mir klatscht!
Ja, hätt' ich Blut und Wunden doch zu zeigen,
Dann wär' es besser. Wofür dankt man mir?

Lorenz.
Freund, es fehlt auch dem Dichter nie an Wunden —

Gotthold.
Wohl trifft ihn heimlich mancher Zungenstich,
Auch mancher plumpen Worte roher Schwerthieb,
Manch böser Pfeil des Neids trifft seinen Schild;
Ein jeder wahre Dichter heißt „Coriolanus"
Und selten krönt sein Haupt das Capitol. —

(Erneuerter Beifall draußen.)

Lorenz.
Warum so tragisch? Hören Sie den Jubel?
Sie müssen auf die Bühne.

Gotthold.

Muß es sein?
Noch Eins! Bevor wir gehn, geliebte Freundin,
Auf Ihre kleine Hand den Kuß des Danks.
(Faßt ihre Hand)
Nein, auf die Stirne, auf die reine Stirne!
(Küßt sie auf die Stirn.)
Sie haben mich verstanden, **nicht das Volk**,
Und **Ihre** Kunst erschuf mir diesen Beifall.

Lorenz.

O, auch das Volk versteht Sie, lieber Freund.

Gotthold.

Ein schöner Wunsch! Vielleicht in hundert Jahren!
Wir Deutsche sind ja noch kein rechtes Volk.
Wir sprechen deutsch und dulden fremde Sitten,
Wir haben noch den Stolz nicht, das zu **sein**,
Was wir doch ewig sind und bleiben müssen.
Bevor's geschieht, o liebe Freundin, sterb' ich.
Doch wenn's geschieht, dann sprengt mein Geist sein Grab.
(Erneuerter stürmischer Beifall draußen.)

Lorenz.

Hinaus, hinaus! Man ruft Sie jetzt wie rasend.

Lessing
(lächelnd ihr den Arm bietend).
Coriolanus geht und zeigt sich seinem Volk.
(Beide ab nach links.)
(Von rechts heraus tritt Damon, hinter ihm Fuchs, beide mit Sacktüchern wedelnd.)

2. Auftritt.

Damon, Fuchs ohne die Vorigen.

Damon.
Das ist zu viel!

Fuchs.
Das ist zu viel der Hitze!

Damon.
Das Stück ist viel zu lang und viel zu plump.

Fuchs
(um sich blickend).
Wo sind wir denn, mein lieber Neffe Damon?

Damon.
Der Lessing ist kein richtiger Poet.
Die Wissenschaft dem Pöbel preiszugeben,
Das nennt der Mann ein Lustspiel; dummes Zeug!

Fuchs.
Wo führst Du mich denn hin, mein lieber Damon?
Was sind denn das für Röcke an der Wand?

Damon
(blickt um sich).
Für Röcke? Oheim, das sind Weiberröcke.

Fuchs.
Was? Weiberröcke? Komm, wir gehn hinaus.

Damon.
Der König Xerxes hatte tausend Weiber.

Fuchs.
Schockschwerenoth! jetzt wirst auch Du verrückt.

Damon.
Mein lieber Ohm, bedenk', ich bin ein Dichter!

Fuchs.
Damon, wer band Dir diesen Bären auf?
Ich bitte Dich, sie halten Dich zum besten.

Damon
(vor Selbstgefühl blasend).

Eingebung, Oheim; Inspiration!

Fuchs.
Mein lieber Damon, willst Du nicht ein Schlückchen?
Es ist so heiß hier, komm doch mit mir fort.

Damon
(aufgeblasen).

Wir wollen diesen Lessing noch verdunkeln!

Fuchs
(will ihn am Arme fortzerren).

Braunschweigermuhme ist ein gutes Bier,
Ein Gläschen Rheinwein, rothen oder weißen,
Vielleicht ein Tröpfchen von gebranntem Geist?

Damon.
Gebranntem Geist? Ja wohl, der Geist ist brennend!
Allein mein Durst ist nicht von dieser Welt.

Fuchs.
So komm doch, dieser Ort ist gar nicht schicklich.

Damon.

Verdirb mir meine Stimmung nicht — —
(stürmischer Beifall draußen)
wie dumm!
Sie klatschen Beifall diesen Albernheiten.
(Rufe: Lessing hoch!)
Leonidas! wenn der einmal sich regt,
Dann, beim Apoll! soll dieses Haus erzittern.

Fuchs
(faßt ihn mit Gewalt).
Zum Teufel! Folg' mir, schwatz nicht dummes Zeug!

Damon.

Kennst Du den Monolog des Ephialtes?
Ganz Leipzig freut sich —

Fuchs.
Schwatz nicht dummes Zeug!
Sie machen Dich noch närrisch beim Theater.

Damon
(visionär).
Leonidas! so brüllt das ganze Haus —

Fuchs.

Beim Angedenken Deines sel'gen Vaters,
Bei Deiner Mutter Ehre, hab' Vernunft!
Bei allem, was uns heilig ist, ruf' nicht mehr
„Leonidas", sonst werd' ich selber toll.
(Geschrei draußen: Lessing hoch!)

Hörst Du, wie sie den Lessing laut vergöttern?
Was willst Du hier? Komm, laß uns rasch entfliehn.
Es ärgert mich, als hätt' ich Gift im Leibe,
Der Geier hol' das Schauspielhaus! — Geschwind!
(Gotthold mit Sofie Lorenz am Arme, Mylius mit Madame Neuber und einige Schauspieler kommen von links heraus.)

3. Auftritt.
Damon, Fuchs, Gotthold, Lorenz, Mylius, Neuber, Schauspieler.

Mylius
(auf Damon hinweisend).

Hier wartet noch ein Bruder in Apollo.
Verehrte Herrn und Damen, dieser ist's,
Von dem ich Euch erzählte.
(Zu Damon)
                Seid Ihr sprachlos?
Hat übergroße Freude Euch gelähmt?

Gotthold
(lächelnd).

Gott grüß Euch, Damon, Dank, für Euern Antheil.

Damon
(beleidigt).

Ihr trefft mich hier aus Zufall, liebe Herrn.

Lorenz.

Der Dichter des Leonidas so einsam?

Damon
(lächelnd).

So kennt Ihr den Leonidas?

Lorenz.
                Gewiß!

Mylius.

Freund, sprecht den Monolog des Ephialtes!
Der Augenblick ist feierlich, legt los!

Fuchs
(zupft ihn).

Du sprichst kein Wort! O, das sind saubre Sachen!

Neuber.

Nicht schüchtern, nur nicht schüchtern, junger Mann.
Nehmt Euch an Euerm Freunde hier ein Beispiel,
Talent besiegt den Widerstand der Welt.

Damon
(hat sein Selbstbewußtsein wiedergewonnen).

Ich danke Euch, erhabne, würd'ge Dame,
Ich danke Euch. — Mein Geist ist nicht verzagt, —
Nur dünkt mir dieser Ort zu wenig würdig.

Mylius
(lachend).

Die Strümpfe und die Röcke an der Wand? —

Fuchs
(faßt ihn am Rock).

Wenn Du ein Wort sprichst, will ich Dich enterben!

Mylius.

Legt los! legt los!

Damon
(räuspert sich).

Gut! — Ephialtes spricht.
Ihr wißt, er hat Leonidas verrathen,
Verrathen an den Feind des Vaterlands.
Der tapfre Feldherr sank gleich einem Löwen,
Umringt von tausend Feinden auf dem Feld.
So findet ihn der falsche Ephialtes
Und in Verzweiflung bricht er also aus:

Fuchs.

Du bist verrückt! Ihr Herrn, er ist von Sinnen!

Mylius.

Gebt Ruhe, lieber Kantor, laßt ihn los.

Alle
(durcheinander).

O still! O still! O, das ist zum Entzücken!

Damon
(mit pathetischen Geberden).

„Es peitscht ein Fluch mich fort und peitscht zurück mich wieder,
Es klappert mein Gebein, es schlottern meine Glieder.
Zu Feuer wird mein Hirn, mein Schweiß beginnt zu tropfen,
Laut wie ein Hammerwerk hör' ich den Herzschlag klopfen.
Die Zunge dorrt im Mund, feig duck' ich mich im Schatten,
Um schnöden Judaslohn hab' ich mein Volk verrathen.
(Schlägt sich vor die Stirn.)

O Ephialtes! Hund, von Persergold bestochen
Hast du Leonidas die heilige Treu' gebrochen,
Den Saumpfad gabst du preis in deines Feldherrn Rücken,
Nun liegt er da, zerhackt von Mörderhand in Stücken.
O schau! schau hin und stirb! Nein! sei verflucht zu leben,
Du kannst Leonidas die Seele nicht mehr geben.
O schau! schau hin und stirb! — So hat der Held geendet,
So ward von Perserwuth sein edler Leib geschändet.
Ein Beil zerbrach sein Hirn — da sank sein Haupt, o Jammer!
So brechen Räuber nachts in eine Königskammer.
Zwölf Pfeile in der Brust — kein einziger im Rücken,
Er wollte sich gewiß nach seinem Schild noch bücken.
Die Nase traf der Schwung von einer schweren Keule,
Auf jedem Muskel sitzt das Blau von einer Beule.
Sogar der kleine Zeh' ist jammervoll gespalten,
Doch steht er in die Höh', als wollt' er Wache halten.
O schau! schau hin und stirb! — Zu Tod sollst du dich
härmen,
Zerfleisch dich selbst und häng' dich auf an den Gedärmen.
(Alle brechen in ein ungeheures Gelächter aus und rufen und klatschen.)

Mylius.

Nun ist's genug des Tragischen, Ihr Herrn!
Ein Monolog macht durstig. —
(Zu allen Anwesenden)
Auf zur Kneipe!

Gotthold.

Herr Kantor Fuchs, Ihr Neffe ist mein Gast;
Ich rechne drauf, Sie werden uns beglücken.

Fuchs.

Zur Kneipe? Was —

Gotthold.

Kein Widerspruch, Ihr Herrn,
Auch diese schönen Damen sind geladen.
(Zu Damon)
Herr Bruder in Apoll —

Damon.

So soll ich mit?
(Zu Gotthold herablassend)
Freund, Ihren Arm! — Sie sind mir ebenbürtig. —
(Alle brechen in Beifall und Gelächter aus und folgen den Beiden nach rechts hinaus.)
Verwandlung: Festkneipe: Studenten aller Farben in Wichs beim Kommers an einer langen Tafel zechend und singend.

---

4. Auftritt.

Studenten
(singen).

Gaudeamus igitur
Juvenes dum sumus.
Post jucundam juventutem
Post molestam senectutem
Nos habebit humus.

---

5. Auftritt.

(Von links her treten auf: **Mylius** in Wichs mit erhobenem Schläger, **Gotthold**, **Pastor**, **Justine**, **Lorenz**, **Damon**, **Fuchs** und einige **Schauspieler**.)

Mylius, Gotthold, Pastor, Justine, Lorenz, Damon, Fuchs, Schauspieler und die **Vorigen**.

Mylius.

Glück auf, Ihr Herrn! Ich bring' euch hier den Dichter.
Der edle Lessing lebe hoch! hoch! hoch!

Alle.

Hurrah hoch! — Hurrah hoch! Der edle Lessing lebe!

Mylius
(vorstellend).

Und auch des Dichters Schwester bring' ich mit,
Fräulein Justine —

Viele Stimmen.

Wacker! wacker! hurrah!

Justine
(halblaut zum Vater).

Die sehn ja doch nicht gar so schrecklich aus!

Mylius.

Der Vater unsers Dichters: Pastor Lessing!

Alle.

Hoch Pastor Lessing! Prosit, altes Haus!

Mylius.
Die Heldin unsers Spiels und alle Künstler!
(Beifall und Begrüßung nach allen Seiten.)
Ad loca! an den Platz!
(Schlägt mit dem Schläger dreimal auf den Tisch.)
Silentium!
(Die Versammelten lassen sich in schicklicher Ordnung an der langen Tafel nieder, so daß Lessing neben Mademoiselle Lorenz, die einen frischen Lorbeerkranz auf dem Haupte trägt, zu sitzen kommt. Damon und Fuchs, am äußersten Ende der Tafel, verbergen schlecht ihren Widerwillen.)

Mylius
(erhebt sich, nachdem sich alles niedergelassen hat).

Wir feiern heut ein schönes Fest, Ihr Freunde,
Und darauf heb' ich dieses erste Glas:
Dem weiland studiosus theologiae,
Freund Lessing, unserm deutschen Molière,
Ihm trink' ich zu, doch will ich vorerst reden: — —
Heut schenkte ihm den ersten Kranz die Muse,
Sie schenk' ihm auch den zweiten, wenn er wirbt.
Er hat den Neid der stumpfen Welt entwaffnet,
Er hat mit Muth den alten Zopf besiegt.
Auf diesen Muth, der nach dem Höchsten dürstet,
Das Leben liebt und doch sein Sklav' nie wird,
Auf diesen Muth, — den Tod der schlechten Dichter —
Auf Lessing's Wahrheit leer' ich dieses Glas.
(Trinkt; alle stoßen an, jubeln und trinken; Damon und Fuchs geberden sich lächerlich zornig.)

Gotthold
(erhebt sich, nachdem alles ruhig geworden).

Erwartet keine wohldurchdachte Rede,

Beim Gott Apoll! jetzt wär' es Heuchelei. —
Der weiland theologiae studiosus,
Jetzt nicht mehr Theolog — sagt herzlich Dank.
Ich bin nur erst mein Anfang; nicht dem Anfang,
Dem Ende nur gebührt ein solcher Preis.
Ich danke auch von Herzen meinem Vater,
Weil er an meine Ehre wieder glaubt.
Er kam ins Schauspiel —

Justine.
Ja und ich kam auch!

Gotthold.
Und nun, um doch nicht ganz Komödiant zu heißen,
Gelob' ich mich hier laut zur Medicin.
Auf Urkund deß' will ich ein Lied Euch sagen,
Auf daß ein heitrer Scherz den Abend schließt.

> Gestern, Brüder, könnt ihr's glauben?
> Gestern bei dem Saft der Trauben,
> Stellt euch mein Entsetzen für,
> Gestern kam der Tod zu mir.
>
> Drohend schwang er seine Hippe,
> Drohend sprach das Furchtgerippe:
> Fort von hier, du Bacchusknecht!
> Fort, du hast genug gezecht!
>
> Lieber Tod, sprach ich mit Thränen,
> Solltest du nach mir dich sehnen?

Siehe, da steht Wein für dich,
Lieber Tod, verschone mich! —

Lächelnd griff er nach dem Glase,
Lächelnd trank er's auf der Base,
Auf der Pest Gesundheit leer,
Lächelnd stellt er's wieder her.

Fröhlich glaubt' ich mich befreiet,
Als er schnell sein Drohn erneuet:
Narr! für einen Tropfen Wein
Denkst du meiner los zu sein?

Tod, bat ich, ich möcht' auf Erden
Gern ein Mediciner werden, —
Laß mich! Ich verspreche dir
Meine Kranken all' dafür.

Gut, wenn das ist, magst du leben,
Sprach er, nur bleib mir ergeben,
Lebe bis du satt geküßt
Und des Trinkens müde bist.

O, wie schön klingt das den Ohren,
Tod, du hast mich neu geboren,
Dieses Glas voll Rebensaft,
Tod, auf gute Bruderschaft! — —

Mademoiselle Lorenz nimmt während der letzten Strophe den Kranz von ihrem Haupte und tritt hinter Lessing, dem sie den Kranz aufsetzt. Strahlendes Morgenlicht fällt wie eine Glorie über die Gruppe.

Alle
(singen).

Pereat tristitia,
Pereant osores;
Pereat diabolus,
Quivis antiburschius.
Atque irrisores.

Unter brausendem Jubel fällt der Vorhang